藍白拖

辛牧詩集

水花的柔情裡埋藏火花的激奮
——我讀辛牧

蕭蕭

從一九七〇年認識辛牧（楊志中，一九四三～　）以來，三十五年了，很長的歲月，總是忘了問辛牧為什麼自稱是「辛牧」？辛，取自前輩詩人「辛鬱」（宓世森，一九三三～　）的辛，還是《紅樓夢．第一回》：「滿紙荒唐言，一把辛酸淚，都云作者痴，誰解其中味」的辛？不論是哪一個辛，總是側重悲辛、艱辛、辛苦、辛勞的辛，何以選擇如此艱困勞累的字作為自己生命的象徵？牧呢？醉臥沙場君莫笑的「沙牧」（呂松林，一九二八～一九八六）之牧，還是以冷靜、含蓄的學識長期關心台灣現實的「楊牧」（王靖獻，一九四〇～　）之牧？

一九七〇我與施善繼最常出入於台北市南京東路二段一號辛牧在台塑服務時的宿舍區，那時他正主編《台塑月刊》，有一個寬闊的可以會談的空間，我們三人思考的是如何從前輩詩人的羽翼下找到自己的語意，以新的語意創造出不同於前輩詩人的飛翔空間。後來，施善繼找來了還在《笠詩刊》協助編輯的林煥彰，我則推薦在輔仁大學帶領大家經營「水晶詩社」的陳芳明，隨之陸續邀請林佛兒、蘇紹連、黃榮村等人，九條龍的「龍族詩社」終於敲自己的鑼、打自己的鼓、舞自己的龍，正視台灣自己的現實，寫自己的詩。在《現代詩》、《藍星詩刊》、《創世紀詩刊》、《笠詩刊》之後，一個專屬於台灣年輕人（那時我們才二十出頭啊）的詩社終於誕生了！

很多人惋惜《龍族詩刊》一九七一年出刊、一九七六年星散，我卻深知這群真正愛好詩的朋友，會在不同的人世間顯現他們的頭角、嘴鬚，一般人見其首不一定見其尾，不知他們是一條真正的詩之龍。試看：林煥彰的《乾坤》，推廣舊詩、新詩、國際小詩，活躍在Taiwan、Thailand，奔走在港澳之間（港是南港、也是香港，澳是宜蘭蘇澳、也是澳門）；陳芳明的論述，儼然成為台灣主體意識強烈的新文學史發言人；蘇紹連，主持了二十年的吹鼓吹詩論壇網頁，帶領黃里、葉子鳥、陳牧宏等數十位新詩高手，嶄露頭角，出版「吹鼓吹詩人叢書」；喬林在《人間福報》，默默整理新詩發展史中出現的好詩，仔細說解。他們都是台灣新詩壇真正的詩之龍。辛牧，更是一個顯例，最近的一二十年襄助張默穩住創世紀在新詩界的龍頭位階，讓一個躍動六十年的老詩社活活潑潑「穿越一甲子，跨越兩世紀」。縱觀這一二十年的台灣新詩壇，見其首不見其尾的龍族詩人不是展現出一個「後龍族時代」的文化現象！

辛牧職掌《創世紀》總編輯工作多年，創社六十年的《創世紀》一向以總編輯為其生命核心，可預期的未來歲月《創世紀》如何保有台灣、甚至於華語新詩界的龍頭地位，辛牧的眼界、胸懷、肚量、手腕、腳步，正是大家注視的焦點。

作為辛牧的老友，其實我比較關心的是他的創作。一九七一年，龍族時代的辛牧出版他的第一本詩集《散落的樹羽》（龍族詩社），直到二〇〇七年底才又發行《辛牧詩選》（創世紀詩雜誌社），這樣的創作量，相對於辛牧視之為師為友的八十四歲詩人張默旺盛的創造力，應該自嘆望塵莫及。不過，辛牧作品的辛酸度、辛辣度，卻是個性顯豁的張默所不曾出現的。辛牧的作品不多，也不長，他自己稱之為「隨興耕作，不問收穫」（《辛牧詩選．卷末小跋》），其實這才是真正有感而發的寫作，真正寫詩的態度。

就辛酸度而言，我們可以欣賞辛牧的小詩，如〈茶杯〉：

有時候盛著茶葉淡淡的鄉愁
有時候盛著高粱濃濃的鬱卒
有時候盛著一只空空的大口

——《創世紀詩刊》一二五期（二〇〇〇年十二月）

茶杯，本來就是用來盛茶，喝茶品茗，本來應該是靜宜優雅之事，但在辛牧詩中卻是「淡淡的鄉愁」，顯見茶葉（人生的暗喻），其苦澀多過甘醇。茶杯，本來就是用來盛茶，此處卻用來盛高粱酒，連一個專屬飲酒的杯子都沒有的日子，豈不是「濃濃的鬱卒」？茶杯，本來就是用來盛茶，現在竟然無茶可盛、無酒可裝，「空空的大口」張望著、期待著，生命如此空闊而無可依怙，還能喊出什麼悲痛！

這是二〇〇〇年辛牧的作品。一九七六龍族星散，辛牧心灰，直到二十世紀結束那一年，辛牧才像新人一般寫出這樣的詩歌，這讓我想起年輕時他所寫的〈棄婦〉，一樣是三行的小詩，引人唏噓：

被命運推在一邊
沙塵到處

那麼多孩子搶一只風乾的奶

——《龍族詩刊》創刊號（一九七一年三月）

一樣是三行的小詩，〈棄婦〉這首詩讓我們看見動的意象、悲慘的畫面、煽情的新聞現實性、控訴的吶喊；〈茶杯〉則是幽靜的呈現、和緩的淡入淡出的鏡頭、磨圓的歲月痕跡。這是二十四年的距離，辛牧的成熟，「蛻盡身上的芒刺」（《辛牧詩選．代序》）——只是辛酸還在。辛酸還在，且酸度未減，只是訴說的方式少了青年的氣勢，有了中年的風姿。

至於辛辣度、嘲諷感，辛牧則繼續保有他獨特的黑色幽默、紅色椒麻，在詩壇似乎少有人可以跟他相比。小詩型的如〈鐵蒺藜〉：「鐵蒺藜是最奇妙的植物／唯一可以確定的／他的愛／嗜血／而且根根入骨」（《聯合報．副刊》，二〇一〇），兼用「恨之入骨」、「愛你入骨」，讓人在植物卻又嗜血、愛與恨夾纏、鐵與蒺藜糾葛之中，不知如何在現實社會中脫解自己。長一點的詩，如〈雕像〉：「曾經堅挺／如充血的陽具／如今如一只用過的保險套／在廢棄物與雜草之間／在背光與陰影之間／在日落餘暉與黑夜之間／在輕得沒有重量的聲音與嘆息之間／在逐漸的風化與腐敗之間／捕風捉影」（《自由時報．副刊》，二〇一三），以性具、性事的猥賤去比擬政治雕像，則猥賤隨之。最特別的是「在…A…與…B…之間／捕風捉影」的類比句子，一般「之間」型的句式會選擇對比的A與B，如天與地之間、善與惡之間，但辛牧卻選用同質性的詞彙：廢棄物與雜草、背光與陰影、日落餘暉與黑夜、沒有重量的聲音與嘆息、風化與腐敗，看似不同的光影、音聲，卻加強了沒落、朽壞與背棄。「雕像」之雕，讓人不能不想著「凋零」之凋；「捕風捉影」下的豐功偉業，也因此而被八卦化了。

辛牧最新詩集選擇〈藍白拖〉作為序詩、作為書名，是對土霸腦袋丟出的臭鞋，是對土豪劣紳嗆發的巨響？或許，辛牧沒有這種雄心大志，但在相識三十五年後，我確信「辛牧」的「辛」，辛辣多於辛酸；「辛牧」的「辛」，偏酸不偏鬱；所以，也就不同於《紅樓夢》的「荒唐言，辛酸淚」。至於「牧」，看他〈給屈原〉的詩，對現世詩人的嘲弄，那種辛辣的口氣顯然帶點「沙牧」式的酒味。

讀了許多水花的柔情，也讀點埋藏火花激奮的辛牧的辛辣吧！

——寫於處暑剛過白露未到的老虎背上

稻草人開始答數

嚴忠政

文人「感時憂國」的傳統，在新文學出現之後仍然是知識分子普遍的教養，即便在「線上遊戲」的語境中，即便草根已失去沃土，有些文字還是會去擬仿一個時代的「生存狀態」，就像辛牧以「藍白拖」行走於臺北街頭，也以《藍白拖》走過無數個拆遷中的左心房與右心室，然後越過「斑馬線」，站在崩壞的路口疾呼：

躲過掠食者的爪牙之後
仍逃不過人類的捕殺
如今只剩下一張皮

還被放在路上
任人踐踏

讀到這樣的語境，我們不免要重新檢視自己的「生存狀態」，問問自己是否還有著心跳？它如何為愛舒張，為巷尾的皮毛收縮，不然怎麼能夠無視於眼前不堪的場景。

充滿本土風味的「藍白拖」起源於一九五〇年前後的臺灣，在當時，它是全球第一雙使用記憶鞋墊的拖鞋，也是第一雙在材質上可以吸收汗水與日照，日久就能自然分解的環保鞋。辛牧據此特性，象徵性的宣示了這本詩集的草根性、集體記憶性以及容易咀嚼（易回收）的環保文字。加以，這由藍白兩色組成，底部是鋸齒狀橫紋的「藍白拖」又有著相當的磨擦力，更使得「理想」與「現實」之間的對話，在這本詩集裡也相當程度的展示了生存狀態的摩擦係數，只是辛牧以「遊戲」的風格來拖行。因為「理想」與「現實」之間的對話，其實是很難站在一個斷裂、疏離，乃至被排拒的歷史嫌隙中對話的。於是，信息的「發話端」將自己從群體之中分離出來，並且還從肉體的形狀之中分離出「精神個體」（藍白拖），所以才有上述「斑馬線」之說。同樣的，〈鐵蒺藜〉、〈陶俑〉等等也對世界的「崩壞且嗜血」有著不同程度的承擔。

現實中的「藍白拖」和詩的《藍白拖》都適合打蟑螂。例如這首〈致某人〉：

妳笑得很曖昧
妳給我的柚子樹
長出一顆芭樂了

妳笑得像孔雀標本
在拉過皮的臉上

詩中的「柚子樹」長出了「芭樂」，可謂是巧言之徒的「草本化」，臉色諂媚的「形象化」！而後面的譏評，正是重重的一記，打在「那人」臉上。更大的「蟑螂」則是苗栗大埔徵地事件、銅像、貓纜。

與其說辛牧慣於嘻笑怒罵，不如說辛牧是在創造新世界的遊戲規則。在矛盾的世界，辛牧邀請了讀者走進文本來和世界爭論，當觀念產生變化，讀者會感到暫時性的混亂，可是也由此取得了觀物角度的重新修正，使得現實中的爭議獲致新的語境，提供了另外一個「可選擇的世界」，一如所有遊戲規則的訂定，都是為了滿足想像中美好世界的合理運行，「玩家」在角色、局面與趣味之間取得一致向時間追跑的力量。除非我們從時間之中自我棄絕，不然每個人都應該有個空間，有一個「生存狀態」。

當世界已經是沒有英雄的廢墟，假如大漠還有乾燥的馬尾，而風從那裡節節敗退，不如參加辛牧的「醒詩團」，給「書桌」一個可以再戰的局面，可別把頭栽入沙中，以為「沒有陽光的地方／就是最安全的地方」。

我讀《藍白拖》時，也將自己當成稻草人，看著詩人在兩鬢耕作，我有了心有了肺，也希望找到稻草人的複數，與我一起用敦厚的方式和世界爭論。

穿著藍白拖，走出一條詩路

馮瑀珊

詩集名為《藍白拖》，不免想起這被踩在腳下，行走時啪噠啪噠發出的聲音，也因為耐穿好走，幾乎人人都有一雙的藍白拖。當然，收錄在《藍白拖》裡的詩，各有其旨趣，在生命中呈現昂首闊步的姿態跟韻律。

縱觀《藍白拖》中收錄長短不一的作品，我想就辛牧的小詩進行賞讀。小詩易寫難工，要在二至十行內鋪陳意象，展現書寫技巧，並具有耐讀的內涵，委實需要匠心巧思。但，捧讀辛牧的小詩，卻有耳目一新的感受。我認為辛牧的小詩雖短短數行，卻格局宏大，渾然天成，不落斧鑿之跡。這在小詩的創作中，是難得一見的精品，因此，才讓我想特地以小詩做為賞讀的特點。

我將《藍白拖》中的小詩，分為三類主題：政治諷喻、生活哲思、生命情感。這三類也能看得出辛牧的詩觀和生命觀。

冷調的憤怒，政治諷諭詩

先來看看序詩〈藍白拖〉，我將此詩看做政治諷喻詩：

穿在腳上
室內室外
趴趴走

遇到土霸
咻一聲
正中腦袋

只有六行，卻令人會心一笑。直白不造作的辭彙，卻能傳達那種不平之情。路見不平，拔刀相助。但現代人無刀可拔，或許腳上的藍白拖可以做為「暗器」，也讓人聯想到丟鞋抗議事件。我認為辛牧是寫政治諷喻詩的能手，既「黑」又「白」——黑是意象的黑色幽默，白是直白卻精準的語彙使用。再來，跟丟鞋有關的另一首詩〈無聲——記苗栗大埔徵地事件〉：

牽一群人
和此起彼落的鎂光燈
到荒郊野外
搶救一群落難的鴿子

驅成群的警力
和冷血的挖土機

把一群人層層圈住
在他們的家園
犁開一寸一寸的血肉

只有九行，卻讀來沉痛不已，情緒恰到好處，冷靜表達無聲的憤怒。像火焰的外焰，呈現冷靜的淡藍色，卻是燃燒最完全的部分。有些時候，冷靜更能表達憤怒的姿態。從大埔徵地後，歷經太陽花學運，詩人持續冷調的憤怒，繼續以詩記錄他參與的「戰役」，例如〈這一役我參與了〉：

當他們設下鐵網拒馬的時候
我去了

我站在人群的後面
跟著搖旗吶喊

在太陽即將西沉的時候
我回家了

我坐在電視機的面前
看著警察用警棍盾牌追打著人民

我一邊憤怒
一邊流著羞愧的眼淚

太陽西沉，太陽花低頭，但民主不會低頭。這是詩人痛心且悲傷的感懷，走上街頭，以身以詩，只為了忠實地記錄發生在島嶼的每件事情。以太陽花學運為主題的詩作很多，有些悲憤而失控的書寫，反而讓詩「興觀群怨」的特色失去平衡。同樣的諷喻詩，我認為跟民主有關的還有〈雕像〉：

曾經堅挺
如充血的陽具
如今如一只用過的保險套
在廢棄物與雜草之間
在背光與陰影之間
在日落餘暉與黑夜之間
在輕得沒有重量的聲音與嘆息之間

在逐漸的風化與腐敗之間
捕風捉影

由此可見，威權也不過只是用過的保險套，到了現今的民主社會，也該是捨棄的時候。而末三句則帶進思考的深度，威權的雕像只是雕像嗎？還是捕風捉影的鬼魅？詩人看似輕輕地寫，卻重重地給讀者留下省思。我很欣賞這首詩的處理手法，正是前面所言「耐讀的內涵」。再提到另一首我極其喜愛的〈鐵蒺藜〉：

鐵蒺藜是最奇妙的植物
唯一可以確定的
他的愛
嗜血
而且根根入骨

黑色幽默被直白的手法表現，留下省思和餘韻。既寫鐵蒺藜的外形，更寫鎮壓的意象。大刀闊斧，見「血」卻不玩弄血腥的意象，反而更能深入人心，好好地咀嚼。當「愛」被反諷，揭開意象後，答案呼之欲出。這首詩在所有我讀過的小詩中，令我印象最為深刻，拍案叫絕！

冷靜的柔情，生活哲思詩

我認為生活中的哲思，也是辛牧詩的特色。總能以宏闊的格局去處理龐大的生命或生活命題，卻不失細膩。先就〈星星月亮太陽〉來論：

星星

星星在天上四處張望

他一定看到不該看的東西
難怪眼睛老是扎扎的

月亮

半夜
她在池邊攬鏡自照
哇！什麼時候長了皺紋

她望著湖中的影子
正當出神之際
湖問：我漂亮嗎

太陽

他是一個癡情漢
他就是不相信
這輩子追不上月娘

讀來生動活潑有趣，以星光閃爍，波光映月，太陽起落做為書寫主體的很多。但這組詩作卻多了細膩的觀察和豐富的聯想，也可窺見辛牧的赤子之心，是我很喜歡的作品之一。而這類的小詩，我最欣賞辛牧看似信手拈來，卻精巧細膩的設計。於此，可以〈號誌二題〉做為對照：

紅綠燈

這裡我最大

管你大車小車黑頭車
都要看我眼色

斑馬線

躲過掠食者的爪牙之後
仍逃不過人類的捕殺
如今只剩下一張皮
還被放在路上
任人踐踏

寫「形」，更寫「意」。從這兩組詩中，可以見得辛牧的詩，在男性手筆之下，有女性機伶的特色，我認為這是難能可貴的特質。詩中藏著一抹冷靜的柔情，更多了理性的哲思。而對於生活中那些紛至沓來的「鳥事」，辛牧以揶揄的方式回敬，〈鳥事〉是這麼說的：

每天早晨牠們
在我窗口
吱吱喳喳
並且
在我的花圃
挖洞
埋下我的夢

吱喳呢喃的鳥，我讀來不只聯想到擾人清夢的鳥鳴，也聯想到流言蜚語。當然，誤讀是有趣的，不妨當做自我調適及調侃吧。同樣的，〈以前現在〉，也可以看到詩人是如何面對「無言以對」這回事：

以前我們在一起
說了好多好聽的話
現在我們在一起
說了好多難聽的話

緣起緣滅，不就是這樣。緣起利聚時，那些奉承好聽的話，一句都沒少。緣滅利盡後，那些難聽的話，也是一句都沒少。但詩人短短淡淡地四行，卻呈現關係的轉變和對照，不免莞爾。再讀一首〈Esc〉，同樣盡在不言中：

我在鍵盤上劈哩啪啦
寫我一生

然後按下
Esc

寫詩，寫自身，寫人生，寫盡一切。卻又甘於取消自己，這樣豁達通透的境界。是哪，人生，不就是這樣，當我們能夠坦然豁達地面對自己，才能進入自己的內心，才能更自在地活著。

內斂的深情，生命情感詩

我認為詩人之所以寫詩，有很大一部分是為了解開或開解生命的龐大課題，例如生死，以及情感。我很喜歡辛牧將生老病死以其獨有的幽默和豁達呈現，〈生老病死〉這首組詩是這樣表現的：

生

一堆人從旋轉門擠進來
經過後門
從煙囪一溜煙逃出去

老

牙齒剛長齊
又掉光了

病

一隻黃蜂
在我身上下一顆卵

死
埋在地下的
一株冬蟲夏草

寥寥數行，語彙簡潔，意象卻精準得讓人讀來捏把冷汗。而佛家所謂的「八苦」即是：生、老、病、死、愛別離、怨憎會、求不得和五陰熾盛。一出世，就面對生，通過產道，從旋轉門「擠」進人世，又尋求其他七苦的解脫。而剛成長就開始面對老，病像黃蜂，孵化肉身的痛苦。對於死亡的恐懼和未知，詩人以「冬蟲夏草」的意象表現，死亡是否是另一種生？當蝙蝠蛾幼蟲被蟲草真菌漸漸入侵，如同人，一出生就漸漸走向死亡般。而冬蟲夏草，又否是能有重生的冀望？短短兩行，卻讓人深思熟慮，觀照自身。而〈父親〉一詩，看得出詩人內斂的深情，對生死的度脫和豁達，舍利子其實就是父親留下的德行與身教規範。

他從數十年相倚的病榻上
決然地走了
只留給
每人一顆舍利子

除了寫給父親，還有兩首給友人的悼亡詩，一首是悼商禽的〈悼商公〉：

直至
那一把鑰匙插入你的心臟

終於

你看見了光

並且
把它們帶走了

我說辛牧是真摯深情的，但卻又含蓄內斂。男兒有淚不輕彈，面對生死悼亡，縱然悲傷，也用微笑面對。另一首〈殞石——悼劉進義〉也是同樣的筆調：

直到抵達水面
那一剎
你忍不住嘆了一口氣
終究你還是選擇這種飛行方式

你的力道
終究還是
把堅冷的河面
撞出一片水花

可由詩中讀來，這樣的飛行卻是自沉。殞石掉進水裡，這水花的絢麗和聲音，跟生命的嘆息揉雜成詩，友人自沉，也讓詩人字沉，字字沉痛。另一首贈友人的詩，〈送張堃回美國〉卻充滿人情味，末句說好魚雁往返，相較前兩首致詩，是輕盈了許多：

在路上
一架飛機低空掠過
想必張堃的坐騎

抬個頭
揮揮手
對著飛機大叫
寫批來

辛牧人如其詩，一樣豪爽直率，任俠至性，充滿生命的豁達。能以此寬闊之筆，寫兼容並蓄的小詩，在當今小詩的創作上，可以見得功力爐火純青。生命是一條長河，辛牧以詩為舟，不急不緩地引吭，且引渡。生命也是一條道路，辛牧以詩為藍白拖，昂首闊步，倒有幾分蘇東坡的不拘和率真。

就是不願穿鞋
——賞讀辛牧《藍白拖》

鄭琮墿

有些人喜歡包裝自己，總是會穿著高貴的皮鞋，或是花俏的布鞋，即便出門倒個垃圾，都要打扮體面。但辛牧不是，辛牧的詩正如藍白拖鞋，爽朗，簡單，就像序詩所寫的「遇到土霸／咻一聲／正中腦袋」，詩人不畏懼社會議題，卻又保持一定距離，從遠處丟出自己的個性，不論是出世的旁觀，或入世的介入，讓我們都無法忽略辛牧的直白與幽默。

介入或旁觀

先說介入。辛牧寫〈服貿〉，寫〈無聲——記苗栗大埔徵地事件〉，寫些大家都關注的政治議題，但除此之外，有誰還記得「劉進義」？

〈殞石——悼劉進義〉這樣寫：

直到抵達水面
那一剎
你忍不住嘆了一口氣
終究你還是選擇這種飛行方式

你的力道
終究還是
把堅冷的河面
撞出一片水花

二〇一三年九月劉進義跳橋自盡，曾有媒體以「第一起政爭憂鬱症自殺命案」下標題，此詩以自盡的意象悼念劉氏，第一段終究無奈地「飛行」，第二段寫他的堅毅，用平凡、冷靜的語言「撞出」詩人一點點激動的心情，其中的憤懣溢於言表。政治議題容易介入書寫，但真正關注社會的詩人，提起筆不會只有那些浮上檯面的新聞，而對現實中的邊緣人會更加關注，除了關於政治的書寫如〈躍進〉、〈廣場黃昏〉、〈雕像〉，辛牧還寫〈植物人〉、〈更生人〉、〈我的街友阿土〉等。不過，辛牧敏銳地觀察現實，有時也冷眼旁觀，甚至用更為抽離的嘲諷手法，譬如〈陶俑〉一詩：

入土後雖刻意隱藏
不意仍在老農
不經意的一鋤
如今陷在坑底
個個灰頭土臉

愣在那兒
飽受看熱鬧的人們
異樣的眼光
指指點點

辛牧不刻意寫陶俑的背景，也不做虛無飄渺的幻想，反而第二段把陶俑當作是模特兒，用後設的出世視角，特別描繪觀眾的眼光「看熱鬧」、「異樣」、「指指點點」，與陶俑的「陷在坑底」、「灰頭土臉」形成強烈對比，其中的張力除了動與不動、死寂與活潑，也反映了人們觀看事物的方式：總是不正經，有別於卞之琳〈斷章〉「你站在橋上看風景／看風景的人在樓上看你」的冷靜，而多了些嫌惡與諷刺。其他如〈愛的進行式〉、〈奇遇〉、〈號誌二題〉、〈貓纜〉等，也有類似的諷刺意味。若讀〈御宅男〉，會發現詩人慣用而獨到的書寫視角：

氣象預告
沙塵暴逐漸逼進
一隻駝鳥
左顧右盼
然後把頭栽入沙中

沒有陽光的地方
就是最安全的地方

前段其實是描繪駝鳥的行為，後段的書寫則點破宅男的「駝鳥心態」，用兩句就把駝鳥與御宅男兩者類比為一；另外，詩題對辛牧來說，其實也是詩的延伸，此詩若以

「鴕鳥」為題，已見創意，而以「御宅男」為題，明朗的旨意則讓鎮日坐在電腦前的我們會心一笑。

〈夢——聞八二三砲戰五十二周年老兵重溫光榮時刻〉也是，末段三行「那一役／勝利不過是／打一回手槍」，更多了些揶揄的意味，而詩題則讓整首詩提升到另一個層次，造成更多不同詮釋的效果。這就是辛牧的特色：試圖書寫現實，自身往往冷凝地抽離現況，甚至跳脫時空。「而一些人若無其事的／把窗戶關起來／蒙頭再睡」（〈碎片〉）就是最好的例子。

不過，面對現實生活，身而為人，辛牧還是誠實而誠敬的，〈流向二題〉的「水向」末段「我彎下腰／以一種虔誠的姿勢／杓起一把水／而水從我緊握的／手掌的隙縫／逃向幽幽的／黃昏的昏暗的河中」，詩人介入，但實是無法改變什麼，不過只是「身在江湖」；而「風向」末段「風應該也有個性和情緒／也有他走不到／

穿不透的／有他飆過後的失落和遺憾吧」，則表露更多無奈的心情。這也難怪辛牧會寫下這樣真誠而複雜的句子：「我一邊憤怒／一邊流著羞愧的眼淚」（〈這一役我參與了〉），面對殘酷的社會現實及政治現況，可以想見詩人既想參與、改變卻又無能為力的矛盾心情。

直白與幽默

若讀〈給屈原〉，讀到最末第四、五段：

大家發動人肉搜索
找您都幾千年了
無非借您大名
給自己人頒個詩獎

雖說水底睏無一位燒
總比被人家架著上台
說些五四三好吧？

不知道有多少讀詩寫詩的朋友會和我一樣，不禁讚嘆辛牧的敢說、直言不諱，幾千年下來，我們都不知道依附著詩人之名，做了多少歹事，而辛牧直接了當的「人肉搜索」，用現下網路世代的行為找尋屈原，調侃詩人自己，再加上末段的台語俗諺，用語直爽，意旨清晰易懂而且幽默感十足。

辛牧有時有類似台語語句的語句，或許〈心事啥人知〉、〈一隻鳥仔嚎啾啾〉這樣的題目會把我們給騙了，但只要細讀整本詩集，會發現詩人慣用的其實是口語，譬如「阿土，請你也保重」（〈我的街友阿土〉）熟悉台語的人自然會明白台語的韻味，還有

「對著飛機大叫／寫批來」（〈送張埜回美國〉）最後一句明顯就是台語「寫信來」！

某人說
這輩子他丟失了很多東西
唯一沒有丟的是一顆心

有一天他還是把心丟了
他找了老半天
才在某記者會的牆角
一坨狗屎中找到了
他慶幸的說
還好沒有被狗吃掉

〈心事啥人知〉乍看詩題以為是台語詩，或沉痛的詩，但詩人丟棄了華麗的語句，不用老派的書寫方式，就像講一則笑話一樣，「心」居然是玩物會弄丟，還在狗屎中找到。巧妙的是，同樣直白得不經修飾，同樣是寫「心」，〈鄉愁〉這樣寫：

文章屁屁之末續貂
於某某旅次
一口地瓜稀飯還在
胃中反芻
是一股陳年的鄉愁
都幾十年了
該怪的是
當年匆忙中

來不及把心帶出來
前不久返鄉
偏是找不著
兩地奔波
竟成無心之人
如果有愛
天河的斜度
偏向哪方

原以為當年匆忙出來，是把「心」遺留在家鄉，但返鄉之後，又找不著「心」之所在，故鄉到底是在人生座標的哪一方呢？鄉愁究竟如何產生？詩人困惑其中，但仍相信有愛。此詩從食物開始估量鄉愁，然後思索鄉愁，比起前輩詩人的遙望鄉愁，以及與其同輩詩人的城市鄉愁，辛牧冷靜而沉澱得多。若讀〈秋景〉

秋風頻催
葉子紛紛走避
樹說
別跑得那麼快
葉子說
雪都要下了
不跑怎麼行
謝謝，再連絡吧

用簡單的「擬人」手法還不足以述盡這首詩的幽默，因為「雪」，才與「葉」的行為產生反差，而末幾句尤以最後一句的口白，更是點出其中的情境。短詩可以居然可以有情境的轉折，全賴於辛牧詩作的用語，風趣，又帶點調侃的意味，與前面的鋪陳有了鮮明的對比，其他如〈聽雨〉、〈風箏〉、〈曇花〉等都是。最後讀〈愛的進行式〉：

冷，是雪表達愛的方式
熱，是太陽表達愛的方式
劈腿，是情侶表達愛的方式
摧花，是男女表達愛的方式
燒炭，是生命表達愛的方式
殺戮，是人類表達愛的方式
毀滅，是上帝表達愛的方式

究竟什麼是愛呢？這首詩前兩句，邏輯正常不過，「冷」與「雪」，「熱」與「太陽」，但第三句開始就不太正常了，不過，若我們能仔細思索現下這個文明社會的現況，會發現其實詩人某種層度是寫實的，而語帶反諷。

然而，整本詩集讀下來，或許我們會發現，辛牧慣用的表現方式以及表現愛的方式，其實就是直接而調侃，在風趣、詼諧的語句背後，往往沉澱了詩人自己更深一層的體悟，以及對生活及現實的熱愛。

放眼當下的詩壇，有些詩人習慣穿著華麗，每次都出現都會有雙浪漫的鞋，有些詩人極有個性，每次都穿同樣不會壞的鞋，有些喜歡擦指甲油露腳趾頭，辛牧肯定是因為看多了，索性率性作自己，不管室內室外，就不換鞋了，乾脆藍白拖就現身，詩人爽朗、不拘小節而以此自況，是最適切不過的了。

序詩　藍白拖

穿在腳上
室內室外
趴趴走

遇到土霸
咻一聲
正中腦袋

目次

土公仔

這條路
是鼻涕糊的
一走
就爛了

高低的土塚
豎著大小高矮參差的石碑
阿公阿嬤在山頭那一邊
再近些是阿爸阿母

每天
我站在家門口
望著他們
對著他們說話

這輩子不知埋下多少人
而這條路也越走
越短
都快到盡頭了

二〇〇七年一月二十七日
《文學人》二〇一〇年五月號
入選《二〇一〇台灣詩選》

流向二題

風向

我一直認為
風是往一定的方向
直到五分鐘前
我卸下長衫
我站在稍高的地方
前方的樹

從輕微的抖動
逐漸的駭起來

風應該也有個性和情緒
也有他走不到
穿不透的
有他飄過後的失落和遺憾吧

二〇〇八年三月二十三日

《創世紀》二〇〇八年六月夏季號・第一五五期
入選《二〇〇八台灣詩選》

水向

水一直是順同一方向
從我的雙足
那麼自然流過
不讓我警覺
像清晨的露水
在陽光中
無聲無息

我彎下腰
以一種虔誠的姿勢
杓起一把水

而水從我緊握的
手掌的隙縫
逃向幽幽的
黃昏的昏暗的河中

二〇〇八年三月二十三日
《創世紀》二〇〇八年六月夏季號・第一五五期
入選《二〇〇八台灣詩選》

致某人

妳笑得很曖昧

妳給我的柚子樹
長出一顆芭樂了
妳笑得像孔雀標本
在拉過皮的臉上

不動

二〇〇八年五月二十三日

《文學人季刊》二〇〇八年八月革新版第二期

二〇一〇年三月八日修訂

御宅男

氣象預告
沙塵暴逐漸逼進
一隻駝鳥
左顧右盼
然後把頭栽入沙中
沒有陽光的地方
就是最安全的地方

二〇〇八年六月一日

《創世紀》二〇〇九年三月春季號・第一五八期

生老病死

生

一堆人從旋轉門擠進來
經過後門
從煙囪一溜煙逃出去

老

牙齒剛長齊
又掉光了

病

一隻黃蜂

在我身上下一顆卵

死

埋在地下的

一株冬蟲夏草

二〇〇八年七月七日

《創世紀》二〇〇八年九月秋季號・第一五六期

碎片

一大早
一隻紅冠公雞
站在樑上
對著大街咯咯叫個不停
要大家給他一天
他給大家一輩子

一大部分的人
迷迷糊糊地跟著他走了
隔天

大家醒來
打開窗戶
乖乖窿個洞
滿地的狗屎
滿天的蒼蠅，烏鴉

而一些人若無其事的
把窗戶關起來
蒙頭再睡

二〇〇八年九月十八日
《自由副刊》二〇〇九年三月五日

心事啥人知

某人說
這輩子他丟失了很多東西
唯一沒有丟的是一顆心
有一天他還是把心丟了
他找了老半天
才在某記者會的牆角
一坨狗屎中找到了

他慶幸的說
還好沒有被狗吃掉

二〇〇八年八月二十八日
《創世紀》二〇〇九年三月春季號・第一五八期

植物人

他在病榻上
昏睡五十年

他醒過來

在一瓶酒之後

他發覺什麼都變了

他開始抱怨
抱怨不能這樣那樣
不能隨地吐痰大小便

不能隨便給人家東西
不能在人家的屋頂飆車

他在公共電話亭打幾通電話
他突然藍波了
他坐著報紙的魔毯
翻山越嶺
然後消失

了不起

二〇〇八年八月二十九日

《創世紀》二〇〇九年三月春季號・第一五八期

這一役我參與了

當他們設下鐵網拒馬的時候
我去了
我站在人群的後面
跟著搖旗吶喊
在太陽即將西沉的時候
我回家了

我坐在電視機的面前
看警察用警棍盾牌追打著人民

我一邊憤怒
一邊流著羞愧的眼淚

二〇〇八年十一月六日
《自由副刊》二〇〇八年十二月四日

鄉愁

文章屁屁之末續貂
於某某旅次
一口地瓜稀飯還在
胃中反芻
是一股陳年的鄉愁
都幾十年了
該怪的是
當年匆忙中
來不及把心帶出來
前不久返鄉

偏是找不著
兩地奔波
竟成無心之人
如果有愛
天河的斜度
偏向哪方

二〇〇八年十二月十日
《自由副刊》二〇〇九年三月五日

愛的進行式

冷，是雪表達愛的方式
熱，是太陽表達愛的方式
劈腿，是情侶表達愛的方式
摧花，是男女表達愛的方式
燒炭，是生命表達愛的方式
殺戮，是人類表達愛的方式
毀滅，是上帝表達愛的方式

二〇〇九年二月十九日
《創世紀》二〇〇九年九月秋季號・第一六〇期
入選《二〇一〇台灣詩選》

奇遇

驚奇地遇見
昨日風光的
白鬍子老公公
在二〇〇九年

他一個人
在公車候車牌

向每一個人伸手
「先生，能給我一個麵包嗎？」

二〇〇九年二月二十五日
《創世紀》二〇〇九年九月秋季號・第一六〇期
入選《二〇一〇台灣詩選》

更生人

他曾經
是天上一顆星

要怪的是孫行者
不該偷吃老君的仙丹
還打翻一缸醋罈子
讓他們流竄人間

比之一般人
其實

身上只是多了一個胎記
喜歡魚肉比喜歡鄉民多些

二〇〇九・十一・二十四
《創世紀》二〇一〇・三月春季號・第一六二期

星星月亮太陽

星　星

星星在天上四處張望
他一定看到不該看的東西
難怪眼睛老是扎扎的

月　亮

半夜
她在池邊攬鏡自照
哇！什麼時候長了皺紋

她望著湖中的影子
正當出神之際
湖問：我漂亮嗎

太陽

他是一個癡情漢
他就是不相信
這輩子追不上月娘

二〇〇九年六月二日

《創世紀》二〇〇九年九月秋季號・第一六〇期

渡河

——深夜讀商禽

在通過羅馬
夢或者黎明的大草原
我以為
我已經抵達
而我發覺其實我只到了河邊
橫在眼前的馬拉河
波濤依然洶湧
成群飢餓的鱷魚依然張口等待
我依然只是

解嚴夜裡那個傷心的女子
依然禁錮在更壓縮的夢中
無言的點燃胸中冷藏的火把

＊「夢或者黎明」、「解嚴夜」、「傷心的女子」，「冷藏的火把」，均為商禽的詩名。

＊二〇〇九年十月十日在時空藝術會場，許水富《寡人詩集》發表會上，丁文智兄建議把「在通過商禽」改為「在通過羅馬」。羅馬亦是商禽的另一筆名。復對照古羅馬皇帝利用羅馬競技場的種種逆天行徑另有一番隱諭。

二〇〇九年十月十一日
《自由副刊》

一隻鳥仔嚎啾啾

終於
夢在迷宮中
赫然驚醒
跌入現實漩渦中
尋尋覓覓
一隻鳥仔嚎啾啾
在即將入夜
看不到遠景的天空

二〇一〇年二月九日
《自由副刊》二〇一〇年四月二十日

父親

他從數十年相倚的病榻上
決然地走了
只留給
每人一顆舍利子

《創世紀》二〇一一年三月春季號・第一六六期

二〇一〇年十二月十六日
二〇一五年五月五日修訂

田園交響曲

一隻
二隻
三隻
成群的歸鳥
在日落前回到棲身的竹林

一架
二架
三架

整群的挖土機
犁過睡夢中的稻田竹林

一根
二根
三根
無數根的煙囪
從農地竄出來

一朵
二朵
三朵

雪花般的煙灰
從煙囪口日以繼夜嘔出來

二〇一〇年八月十九日

《創世紀》二〇一〇年十二月冬季號・第一六五期

號誌二題

紅綠燈

這裡我最大
管你大車小車黑頭車
都要看我眼色

二〇〇七年十二月十五日
《聯合副刊》二〇一一年五月三日

斑馬線

躲過掠食者的爪牙之後
仍逃不過人類的捕殺
如今只剩下一張皮
還被放在路上
任人踐踏

二〇一一年二月十七日
《聯合副刊》二〇一一年五月三日

悼商公

直至
那一把鑰匙插入你的心臟
終於
你看見了光
並且
把它們帶走了

二〇一〇年九月三日
《聯合副刊》二〇一〇年九月十五日
二〇一〇年十一月修訂

無聲

——記苗栗大埔徵地事件

牽一群人
和此起彼落的鎂光燈
到荒郊野外
搶救一群落難的鴿子

驅成群的警力
和冷血的挖土機
把一群人層層圈住

在他們的家園
犁開一寸一寸的血肉

《自由副刊》二〇一〇年九月十九日

夢——

聞八二三砲戰五十二周年老兵重溫光榮時刻

咻……

一顆砲彈穿過他們的腦門
什麼事都跟著過去了

而今
大家握手言和
你儂我儂

那一役
勝利不過是
打一回手槍

二〇一〇年八月二十一日
《自由副刊》二〇一〇年九月十九日

鐵蒺藜

鐵蒺藜是最奇妙的植物
唯一可以確定的
他的愛
嗜血
而且根根入骨

二〇一〇年二月十九日
《聯合副刊》二〇一〇年三月

貓纜

車至半空
戛然停下
搖晃中
驚慌四顧間
赫然發現
半山腰間
豎著一牌曰：
嚴禁
　打雷

土石流
七嘴八舌

二〇一〇年九月十八日
《聯合副刊》二〇一〇年十二月二十七日

陶俑

入土後雖刻意隱藏
不意仍在老農
不經意的一鋤

如今陷在坑底
個個灰頭土臉
愣在那兒
飽受看熱鬧的人們

異樣的眼光
指指點點

二〇一一年五月三十一日

《創世紀》二〇一一年九月秋季號・第一六八期

送行者

她賴床
而且不肯呼吸
像一具充氣娃娃
等人來按讚

她一向愛美
勤於各種整型
除了一支筆嘔吐出來
所謂詩

而評論家們
以擅長美學修辭學結構學的手和顏料
在她身上超現實的塗塗抹抹
把她美美的後現代起來

二〇一二年七月二十五日
《創世紀》二〇一二年十二月冬季號・第一七三期
入選《二〇一二台灣詩選》

躍進

他緊抱著一張泛黃的肖像
如祖先的牌位
他曾經是個武林高手
尤其手中的血滴子
在風雨中
呼呼做響
輕易摘下徒手的
對手的腦袋
如今
他甩甩滴血的雙手

說他已退出江湖了
穿上輪鞋一溜就過海了
在豪宅裡
供著另一張肖像
在醇酒女人之間
夸談著民主人權
像個受洗過的人

二〇一二年八月十七日
入選《二〇一三年台灣現代詩選》

螞蟻墓園

殘骸，嚙印
和昨日種種
都曝曬海床
任潮汐滌蕩
成透明沙粒

二〇一二年十月十三日
《創世紀》二〇一二年十二月冬季號‧第一七三期

秋日拾穗

1.

無關急或不急
需或不需
乃是習性
只要是樹或柱
就算「禁止隨地小便」的招牌
照樣
把腿抬起來

2.

X：你走後留下的一組號碼
躺在手機裡
像一個深宮怨婦
一枚地雷
我每天從它身上
不知跨過多少回
就是不敢碰它一下
怕觸動它渴望人家的關愛

怕你的聲音從未可知的那端傳來：
喂，你什麼時候來？

二〇一一年十月十七日

《創世紀》二〇一一年十二月冬季號‧第一六九期

3.

穿過鳳凰樹林之後
昨日風華已
為欒樹的喧譁所取代

在人行道上
竟是如此崎嶇坎坷
烏雲飄移
我慶幸有影子相隨

二〇一一年十月二十九日
《聯合副刊》二〇一一年十一月十五日

鳥事

每天早晨牠們
在我窗口
吱吱喳喳
並且
在我的花圃
挖洞
埋下我的夢

二〇一二年十月二十七日

《創世紀》二〇一三年三月春季號・第一七四期

秋景

秋風頻催
葉子紛紛走避
樹說
別跑得那麼快
葉子說
雪都要下了
不跑怎麼行
謝謝，再連絡

二〇一二年十一月六日
《聯合副刊》二〇一三年一月七日

送張堃回美國

在路上
一架飛機低空掠過
想必張堃的坐騎
抬個頭
揮揮手
對著飛機大叫
　寫批來

二〇一二年十一月七日

《創世紀》二〇一三年三月春季號・第一七四期

廣場黃昏

……直到某一天
廣場從神聖
不可侵犯的夢中
一群鴿子
二戰時滿天飛翔的軍機
飛下
飛上
漆彈四射
把整座廣場
漆得

比雪
更白
更冷

二〇一二年十一月四日
入選《二〇一三年台灣現代詩選》

我的街友阿土

昨日的西裝
已發霉

黃金十年蒞臨之後
他晉身為社會的邊緣人
在陰冷的地下道和涵洞中
他蜷伏如落網的穿山甲

阿土，請你也保重
明天會更好

二〇一二年十一月十四日
入選《二〇一三年台灣現代詩選》

雕像

曾經堅挺
如充血的陽具
如今如一只用過的保險套
在廢棄物與雜草之間
在背光與陰影之間
在日落餘暉與黑夜之間
在輕得沒有重量的聲音與嘆息之間

在逐漸的風化與腐敗之間

捕風捉影

二〇一二年十一月二十八日

《自由副刊》二〇一三年一月七日

聽雨

阿柄那把二胡
從街頭
咿咿嗚嗚地
拉………
整整一晚
還不到街尾

二〇一三年四月十三日
《創世紀》二〇一三年六月夏季號・第一七五期
二〇一四年四月二日修訂

給屈原

把粽子鬆綁之後
突然覺得
是否也該給您寄顆粽子？
您當年投宿的那條江
還是那個地址嗎？
那又怎樣？

大家發動人肉搜索
找您都幾千年了
無非借您大名
給自己人頒個獎

雖說水底睏無一位燒
總比被人家架著上台
說些五四三好吧？

二〇一三年五月十四日
《創世紀》二〇一三年九月秋季號‧第一七六期

給小貓

下午
觀世音菩薩來接妳了
妳乖乖的坐在蓮花座上
眼中流露令人心碎的眼神
雖然才下過一陣雨
但大地還是一片乾渴
我用淚水為妳開鑿
一條銜接天河的航道

我雙手合十
目送妳在雲端消失
願妳跟在菩薩身旁
不要來生

二〇一三年六月七日
《創世紀》二〇一三年九月秋季號・第一七六期

風箏

飛
上天
是他夢寐懸念
一陣熱氣旋
把他
越托越高

世界
盡在
眼下

至半山腰
一陣亂流
失控撞上

一個筋斗
那姿勢
歹

二〇一三年十一月六日
《創世紀》二〇一四年三月春季號・第一七八期

殞石

——悼劉進義

直到抵達水面
那一剎
你忍不住嘆了一口氣
終究你還是選擇這種飛行方式

你的力道
終究還是

把堅冷的河面
撞出一片水花

二〇一三年十一月十四日
《創世紀》二〇一三年十二月冬季號・第一七七期

Esc

我在鍵盤上劈哩啪啦
寫我一生
然後按下
Esc

二〇一三年八月十六日

《創世紀》二〇一四年六月夏季號・第一七九期

雨來吋滴

雨來吋滴
像妻每天
在耳邊複誦的
柴油米鹽醬醋茶

二〇一四年二月九日

《創世紀》二〇一四年六月夏季號・第一七九期

櫻花

抬頭
一樹櫻花
低頭
一地櫻花

二〇一四年二月十日

《創世紀》二〇一四年六月夏季號・第一七九期

以前現在

以前我們在一起
說了好多好聽的話
現在我們在一起
說了好多難聽的話

二〇一四年二月十六日

《創世紀》二〇一四年六月夏季號・第一七九期

市招

前有市招曰：
不純砍頭

市招後
果然一堆蜂頭

二〇一四年二月十六日

《創世紀》二〇一四年六月夏季號·第一七九期

曇花

才剛勃起
就洩了

二〇一四年二月二十七日
《創世紀》二〇一四年六月夏季號・第一七九期

服貿

國家生病了
病毒不斷蔓延
傳染給人民

執政者揮著魔術棒
從一個黑箱中
變出一樣東西
說是伏冒

人民說
那不是伏冒
那是爐丹

執政者說
雖然是山寨
但功效更勝

人民還是不相信
執政者找來乩童
在廟堂作法
鬼畫符
灑雞血
用行政命令跟一日眠

逼著人民服用
並且出動蛇籠和鎮暴警力
逼著人民噤聲就範

人民拋頭顱灑熱血
用生命一點一滴堆疊起來
的民主長城
執政者不惜拆下一磚一瓦
引來清兵

孰可忍孰不可忍？
蒼天！

二〇一四年三月十九日

嘀嘀咕咕集

・

雲是一團棉花糖
在陽光中
融化成
沉重的雨滴

我
在溼答答
的夢中
載浮載沉

・

微雨初晴
空氣中
瀰漫昨日
新割的草香

猶似
夢中
不去的
莫名的哀傷

・

某人辭世
報頭報尾
驚見一堆
我的朋友
胡適之

・

每一片落葉
是一次頓悟
而我的詩
每一個字是一個嘆息

・

一隻白頭翁
從黃河沿路啼叫
到淡水河
一頭黑髮
都白了

・

他
終於安詳
睡了
並且放下一切

直到
爐火叫醒他
起身
回到他來的地方

・

我家的毛小孩
趁我
不在的時候
把我的滑鼠
吃掉了

・有光
從烏雲中
早謝

後記

《藍白拖》是我的第四本詩集。收錄二〇〇八至二〇一四間部份的作品，嚴格來說，也算是一本選集。

感謝蕭蕭寫序，嚴忠政、馮瑀珊、鄭琮墿寫推薦文、墨韻畫像。蕭蕭與我同是《龍族》的催生者，革命感情數十年，知我甚深，是寫序最佳人選；嚴忠政與我共事超過十年，是我在《創世紀》編務上最佳的拍檔，看詩解詩有獨到的眼光，馮瑀珊、鄭琮墿是優秀的年輕詩人，有新思維。有他們的加持，相信會獲得更多人的認同。

是為序。

附記：我在一九六四年以後用的筆名是辛牧，以前多用楊辛牧。

閱讀大詩29　PG1204

藍白拖

作　　者	辛　牧
責任編輯	黃姣潔
圖文排版	高玉菁
封面設計	千　朔
出版策劃	釀出版
製作發行	秀威資訊科技股份有限公司 114 台北市內湖區瑞光路76巷65號1樓 電話：+886-2-2796-3638　傳真：+886-2-2796-1377 服務信箱：service@showwe.com.tw http://www.showwe.com.tw
郵政劃撥	19563868　戶名：秀威資訊科技股份有限公司
展售門市	國家書店【松江門市】 104 台北市中山區松江路209號1樓 電話：+886-2-2518-0207　傳真：+886-2-2518-0778
網路訂購	秀威網路書店：http://www.bodbooks.com.tw 國家網路書店：http://www.govbooks.com.tw
法律顧問	毛國樑　律師
總 經 銷	聯合發行股份有限公司 231新北市新店區寶橋路235巷6弄6號4F 電話：+886-2-2917-8022　傳真：+886-2-2915-6275
出版日期	2014年10月　BOD一版
定　　價	180元

國家圖書館出版品預行編目

藍白拖 / 辛牧作. -- 一版. -- 臺北市 : 釀出版, 2014.10
面 ;　公分. -- (閱讀大詩 ; PG1204)
BOD版
ISBN 978-986-5696-42-9 (平裝)

851.486　　103019024

讀者回函卡

感謝您購買本書，為提升服務品質，請填妥以下資料，將讀者回函卡直接寄回或傳真本公司，收到您的寶貴意見後，我們會收藏記錄及檢討，謝謝！如您需要了解本公司最新出版書目、購書優惠或企劃活動，歡迎您上網查詢或下載相關資料：http:// www.showwe.com.tw

您購買的書名：________________________________

出生日期：________年________月________日

學歷：□高中（含）以下　□大專　□研究所（含）以上

職業：□製造業　□金融業　□資訊業　□軍警　□傳播業　□自由業

□服務業　□公務員　□教職　□學生　□家管　□其它_____

購書地點：□網路書店　□實體書店　□書展　□郵購　□贈閱　□其他

您從何得知本書的消息？

□網路書店　□實體書店　□網路搜尋　□電子報　□書訊　□雜誌

□傳播媒體　□親友推薦　□網站推薦　□部落格　□其他__________

您對本書的評價：（請填代號　1.非常滿意　2.滿意　3.尚可　4.再改進）

封面設計____　版面編排____　內容____　文／譯筆____　價格____

讀完書後您覺得：

□很有收穫　□有收穫　□收穫不多　□沒收穫

對我們的建議：________________________________

____

____

____

請貼
郵票

11466
台北市內湖區瑞光路 76 巷 65 號 1 樓
秀威資訊科技股份有限公司 收
BOD 數位出版事業部

（請沿線對折寄回，謝謝！）

姓　　名：________________　年齡：________　性別：□女　□男

郵遞區號：□□□□□

地　　址：________________________________

聯絡電話：(日) ________________ (夜) ________________

E-mail：________________________________